SUPER UE FELTRINELLI

SUPER UE

Daniel Pennac

LA LUNGA NOTTE DEL DOTTOR GALVAN

Traduzione di Yasmina Melaouah

FELTRINELLI

Titolo dell'opera originale
ANCIEN MALADE DES HÔPITAUX DE PARIS

Traduzione dal francese di
YASMINA MELAOUAH

Prima edizione nell'"Universale Economica" – SUPER UE
ottobre 2005

ISBN 88-07-84058-8

Per Yves-Marie Kevran
A Catherine Ardouin

1.

“Sono vent’anni oggi, signore. Quasi un anniversario. Così viene voglia di raccontarlo a qualcuno... Ha un momento? Le dovrebbe interessare, visto che mi hanno detto che fa lo scrittore.”

“...”

“No? Sì? Ma comunque fa lo stesso, lei o un altro... Un caffè?”

“Come dicevo, era esattamente vent’anni fa. Ero di guardia al pronto soccorso della clinica universitaria Postel-Couperin. Era domenica ed eravamo nel pieno della classica frenesia notturna: incidenti domestici, infezioni eruttive, suicidi abortiti, aborti mancati, sbronze comatose, infarti, attacchi epilettici, embolie polmonari, coliche nefritiche, bambini bollenti come pentole, automobilisti in polpette, spacciatori fatti a colabrodo, barboni in cerca di alloggio, donne picchiate e mariti pentiti, adolescenti fumati, adolescenti catatonici... Insomma, la tipica domenica notte al pronto soccorso, e per giunta con la luna piena.

Tutta quella bella gente faceva il possibile per sottrarsi al lunedì mattina, e io come sempre iniettavo, otturavo, intubavo, cucivo, suturavo, sondavo, zaffavo, drenavo, medicavo, facevo partorire, qualche volta addirittura prevenivo e depistavo! Insomma, dispensavo. Ero un dispensario fatto persona. Sostituivo Pansard, Verdier, Samuel, Desonge: 'A buon rendere, Galvan...'. 'Lasciate stare, ragazzi, lo faccio volentieri.' (Tutti baroni, oggi, quelli.) I più ingenui vedevano in me un idealista facente funzione di interno, due soldi al mese per ottanta ore alla settimana, a scapito della mia salute, della mia giovinezza, della mia carriera, della mia vita privata. La mia famiglia (tutti medici sin dall'epoca di Molière, la medicina è la più diffusa malattia ereditaria) mi trovava esemplare. Mio padre già mi vedeva nei panni dell'arcangelo che sgomina il cancro del sistema linfatico: 'La tua strada è l'ematologia, Gérard!'. Io lasciavo correre la fantasia di mio padre, ma facevo di testa mia; sapevo che non sarei mai stato l'uomo di una sola specialità. La mia specialità sarebbe stata il pronto soccorso: tutti i mali dell'uomo, i mali di tutti gli uomini, come dire tutte le specialità. Il mago della medicina interna, ecco cosa volevo diventare. Lei mi dirà che era un'ambizione più che onorevole... No? Sì? Eh?"

"..."

"Be', si sbaglia. In realtà, io sognavo una cosa sola... Quasi non oso dirgliela, tanto è... Da non crederci! *Sognavo il mio futuro biglietto da visita*! Sul serio! Una vera e propria ossessione. Non pensavo ad altro che al giorno in cui avrei potuto sguainare un biglietto da fare impallidire tutti gli amanti del genere. Era questo, in fondo, il mio grande progetto!

Françoise sposava la mia ambizione e io avrei sposato Françoise. Anche lei era figlia di un medico e in due contavamo di sfornarne altri quattro o cinque. Nel frattempo Françoise lavorava al progetto del mio biglietto da visita. Cesellava discreti corsivi inglesi in puro stile *nouvelle revue française*: 'Ti occorre un biglietto da visita semplicissimo, Gérard, hai una tradizione troppo importante alle spalle e un futuro troppo brillante di fronte per scegliere qualcosa di pacchiano!'. Aveva ragione: mi occorreva un cartoncino discreto, infinitamente rispettabile, retaggio di un tempo in cui il tempo non passava. Dire che sognavo quel biglietto da visita è dir poco. Nella mia immaginazione si dispiegava come uno stendardo la cui ombra cancellava i colleghi e copriva tutto il campo medico.

PROFESSOR GÉRARD GALVAN
Medicina interna

Insomma, un pirletta. Non avevo ancora scavato le mie fondamenta e già mi credevo la statua di me stesso."

2.

"Quella famosa domenica di luna piena ero dunque di guardia alla clinica Postel-Couperin, e affrontavo ogni malato come uno scalino. Se mi pigliava una botta di stanchezza, il mio biglietto da visita garriva al vento della mia testa per darmi una bella sferzata. Quatto quatto, mi esercitavo a tirarlo fuori, dico sul serio! Nella mano non c'è niente, in tasca non c'è niente e oplà! L'onorevole cartoncino tra il medio e l'indice: *Professor Gérard Galvan*.

'Si metta distesa, signora Taldeitali. Cooooosì.'

E solamente *medicina interna*.

'No, signorina, ha fatto bene a portarlo qui, un patereccio non è cosa da prendere sotto gamba! È il suo fratellino? Come ti chiami, giovanotto?'

Magari *Medicina* scritto maiuscolo, e anche *Interna*. Oppure...

Mentre sono alle prese con un'impetigine, Eliane piomba lì con il solito motociclista della tangenziale. Ha l'orecchio in tasca e il braccio nello zaino.

'Chirurgia.'

E solo un numero di telefono. Sul biglietto da visita. Niente indirizzo. Solo il telefono.

'Mi raccomando, prenda gli antibiotici, signor pinco pallino. Non interrompa finché non ha finito il ciclo. Eliane, tesoro, a chi tocca?'

'C'è qui un attacco di asma, ma quel signore là è un bel po' che aspetta.'

Ecco, avevo iniziato il turno al pronto soccorso alle nove del mattino, Fatima aveva sostituito Gisèle, Eliane aveva dato il cambio a Fatima e, dirigendomi verso 'quel signore là' mi domandavo se un cartoncino Lacermois non sarebbe stato più presentabile, per il polpastrello, rispetto a un Adventis 12.

Uno stronzetto, ecco cos'ero, ve lo dico io.

'Qual è il suo problema, signore?'

Il signore non aveva né età né ambizione. Era da un po' che l'avevo notato, con la coda dell'occhio. Aveva lasciato che gli passasse davanti metà del corridoio. Qual era il suo problema? Non si sentiva tanto bene.

'Non mi sento tanto bene.'

Aveva la carnagione pallida e la voce neutra, il tono stanco e l'aria mesta. Non si sentiva tanto bene. Ma non stava neanche troppo male. Il classico tipo che Eliane detestava. Sapeva fin troppo bene che l'avremmo rivisto. 'Ma santo dio, Galvan, questo è un pronto soccorso, mica uno Sportello Aiuto di Vattelappesca!' Mentre mi interessavo al signore, ho sussurrato: 'Il soccorso di cui ha bisogno è la tua dolcezza, Eliane, ha bisogno della mamma'.

‘E così lei non si sente tanto bene... Vediamo un po’... Si tiri su la manica per favore...’

Si tira su la manica. Mentre sotto i miei polpastrelli il suo polso batte a un ritmo tranquillo, l’asmatico sulla panca di fronte vira a un color indaco.

‘Mi scusi...’

La maggior parte degli asmatici ha una madre, la questione è tutta lì. L’asma è una vera e propria mamma. A proposito di polpastrelli, prestare la massima attenzione al rilievo della stampa litografica! Ho detto proprio *litografica*. Un biglietto da visita litografato. Non liscio. Né uno di quei biglietti in rilievo così tarocchi. No. Litografato! Litografato! Quando ne ho parlato con Françoise, ha alzato gli occhi al cielo tanto era ovvio.

Dopo l’asmatico, ci siamo beccati un pittoresco delirium tremens con sfilza di verità tonanti neanche poi così cazzute. Cui hanno fatto seguito tutte le urgenze prioritarie tipiche di una notte di luna piena quando uno crede di aver già affrontato le urgenze assolute. E poi, verso le due del mattino, la sorgente si è prosciugata. Il corridoio era quasi vuoto. Con quel buon odore di pausa caffè.

È stato allora che ‘quel signore là’ è crollato a terra.”

3.

"È caduto di colpo, battendo la testa. Il cuoio capelluto non ha resistito. Dall'aureola immobile formata dal suo sangue ho pensato fosse morto. Quando mi sono avvicinato, non si muoveva nulla. La pozza non si allargava. E lui ci giaceva dentro, contratto intorno al proprio addome, come un ragno in una casa di vacanza.

'Merda.'

Ancora oggi è il primo ricordo che ho: la certezza della sua morte.

'E stramerda.'

Brillante esordio per il campione della *Medicina Interna*! Un uomo che aspettava da ore nel mio corridoio cadeva morto stecchito sotto gli occhi di Eliane, della signora Boissard, l'aiuto infermiera, e di una paziente che avrebbe cessato di essere anonima appena si fosse trattato di testimoniare contro il medico di guardia 'che si faceva beatamente un caffè mentre il signore diceva di non sentirsi tanto bene – ma sì, ma sì, l'ho sentito io! –, anzi che stava per morire'.

No, il cuore batteva ancora. E il sangue scorreva. L'abbiamo trasportato fino al lettino senza riuscire a distenderlo. Il suo corpo era sigillato su un dolore che non prometteva niente di buono.

'Si rilassi!" gridava Eliane suturandogli la ferita sulla fronte, mentre io tastavo cemento.

Non si rilassava. Addome meteorizzato da scoppiare, blocco totale.

'Da quanto tempo non va di corpo?'

'Non mi sento tanto bene.'

L'ultimo stadio della fermentazione, un uomo sul punto di esplodere.

'Quando è l'ultima volta che ha fatto un peto?'

Blocco delle feci e dei gas... Mi ci giocavo la testa che quello ci faceva un'occlusione intestinale iperacuta! Palpitazione delle narici, ridotte a carta velina.

'Eliane, chiama Angelin, digli che arrivo con l'urgenza delle urgenze!'

Avevo fatto lubrificare le ruote delle barelle perché non filassero via con il passo del granchio come i carrelli degli aeroporti, e io e il mio occluso volavamo spediti sul linoleum del panico. Passando davanti alla signora del corridoio, ho urlato, al di sopra della spalla:

'Eliane, poi occupati della signora!'.

Non morire, per favore, non ti spanzare strada facendo, Angelin ti tirerà fuori dai guai, lui è un mago delle viscere, tende un po' a scambiarsi per il suo biglietto da visita,

DOTTOR LOUIS FRÉDÉRIC ANGELIN
Diploma della Facoltà di Medicina di Parigi
Associazione Interni
Ospedali di Parigi
Aiuto Primario

CHIRURGIA ADDOMINALE

(di fronte all'Eliseo)

ma ti assicuro che è il re delle budella, tieni duro che io corro per te, lo conosco bene, Angelin, anche se dormiva come un sasso quando Eliane l'ha chiamato, puoi star sicuro che adesso è lì che ci aspetta alla porta dell'ascensore con il dito puntato verso la sala operatoria.

Proprio così. Angelin ci aspettava con la sua sfilza di domande che ha sciorinato correndo accanto alla barella verso la sala operatoria.

'Blocco?'

'Cemento.'

'Transito?'

'Niente.'

'Da quando?'

'Chi lo sa...'

'Beve?'

'Non si direbbe.'

'Ha mangiato?'

'Non lo so.'
'Vomitato?'
'Non qui.'
'Febbre?'
'Neppure.'

In quel preciso momento il nostro occluso pensa bene di restituire dall'alto una settimana buona di svariati pasti su cui abbiamo cominciato a scivolare mentre la sua temperatura si impennava fino al rosso intenso, come se fosse stato lui stesso il proprio termometro.

'Ha visto la lingua? Complimenti per la diagnosi, Galvan!'

Una lingua bianca e spessa, tesa come un dito accusatore.

'Vada a svegliare Placentier che operiamo.'

Il telefono di Eliane mi aveva preceduto e Placentier, l'anestesista, correva verso di me mentre io correvo verso di lui. Correvamo tutti e due a rotta di collo verso la sala operatoria, lui allacciandosi le braghe, io chiedendomi cos'avesse voluto dire Angelin a proposito della mia diagnosi. Tipica di Angelin, quella vaghezza. 'Complimenti per la diagnosi, Galvan!' Impossibile sapere se ti prendeva in giro o se si congratulava. Si perdeva più tempo ad analizzare il tono della sua voce che i grafici dei malati.

Ma in fondo chissenefrega, pensai spostando il nostro paziente sul lettino e spogliandolo. Purché lo salvi...

'Presto con un check-up, che devo operare! Elettrocardiogramma! Gruppo sanguigno!'

Angelin parlava già dietro una mascherina. Placentier applicava gli elettrodi su un torace da pollo.

'Lei, Galvan, faccia da infermiera!'

L'infermiera Galvan non aveva aspettato quella promozione per passare il batuffolo di cotone imbevuto di alcol nella piega del gomito e per coprire con un lenzuolo il corpo in ebollizione.

'Datevi una mossa, che apro subito.'

E, come se la musica non la conoscessi:

'Laparotomia' spiegò Angelin con il tono del professore che sognavo di diventare...

(Ah! L'aula ad anfiteatro come due braccia aperte davanti a me, e quelle gradinate piene di testoline!)

'Laparotomia *esplorativa*' precisò Angelin, guardandoci da sopra la mascherina.

Disingorgalo, è tutto quello che ti si chiede, borbottai mentre gli garrotavo un bicipite rattrappito. Aveva certe vene piccolissime... di un azzurro pallido pallido...

Gli occhi di Placentier correvano sulle vette dell'elettrocardiogramma.

'Okay, il cuore funziona. Anche piuttosto tranquillo.'

'Vado con l'endovena' dissi.

'Tutto bene?' domandò Angelin al malato. 'Non si preoccupi, adesso la addormentiamo. Mi tiri via questo lenzuolo, Galvan.'

Cosa che stavo per fare quando il lenzuolo si è gonfiato. Dapprima senza ostentazione, brezza marina, regolare dolcezza degli alisei, tonda vela nel cuore del Pacifico, il lenzuolo si gonfiava...

‘E questa che roba è?’

Vi fu un borbottio, il lenzuolo prese le dimensioni di una mongolfiera, quindi una deflagrazione scagliò Angelin due passi indietro. Dopodiché si udì la tromba. ‘Questa, mio caro Angelin, è una scoreggia!’ Il mio malato scoreggiava! Ecco cosa succedeva. Finalmente cacciava fuori l’aria, perdio! Tutta in una volta. La scoreggia del secolo! La tromba della carica. Un mese di uragano liberato! Sturato! Salvo! La tromba lasciò il posto alla trombetta, che si fece oboe, l’oboe si affinò in flauto, il flauto si assottigliò in piffero, il tutto in tante piacevoli circonvoluzioni consentite dai sei metri e cinquanta di intestino collegati a un grosso colon che si sfoga.

Forse esagero, forse il lenzuolo non è proprio volato via, e questa immagine è solo il frutto del mio sollievo, ma mentre (almeno nel mio ricordo) il lenzuolo ricadeva planando, mi resi conto che era accaduta una cosa assai più sorprendente dell’improvvisa guarigione del mio paziente, un fatto, o meglio un non fatto ben più stupefacente: *in tutto quel tempo non avevo pensato neppure una volta al mio biglietto da visita!*

Ero ancora in preda alla sorpresa, curioso di sapere cosa avrebbe detto Françoise, quando la voce di Placentier mi strappò ai miei pensieri.

‘Avete cannato in pieno, ragazzi.’

(La voce di Placentier...)

‘Non è un’occlusione.’

(Placentier, l’anestesista...)

‘È una cosa ben più rognosa.’

‘Guardate...’ ”

4.

“Io e Angelin tornammo a volgere la nostra attenzione al paziente. Placentier, con le due mani posate a conca sulla vescica del tizio, scuoteva la testa:

‘Benissimo una laparotomia per un globo vescicale, ma secondo me sarebbe meglio cateterizzarlo...’.

Non aggiunse ‘complimenti per la diagnosi’. Anche con lui, tutto stava nel tono di voce. E nello sguardo che Angelin mi lanciò al di sopra del tavolo operatorio. Il malato aprì un occhio e mormorò: ‘Non mi sento tanto bene’ prima di ricadere nel pallone. Placentier ne approfittò:

‘Per forza! La sua vescica si porta dietro un ettolitro di piscia congelata, come quella che cade dagli aerei sui nani da giardino’.

E per rincarare la dose aggiunse:

‘Non ho mai visto una simile dilatazione della pelvi. A momenti gli esplode’.

Posai la mano sulla fronte del paziente. Sudori freddi. Era gelato.

Angelin tagliò corto:

'C'è Saliège?'.

Sì, Saliège, il nostro urologo, c'era. Placentier l'aveva appena lasciato quando l'avevamo tirato giù dal letto.

'Andate da lui. Veloci!'

E di nuovo la corsa nel corridoio.

'Hai fatto lubrificare le ruote delle barelle, Galvan?'

Uno può anche fare un errore diagnostico, ma essere orgoglioso che un collega noti il particolare delle ruote ben lubrificate. La vita è ricca di premi di consolazione. Le ruote della barella non facevano il benché minimo rumore e le suole delle nostre scarpe da ginnastica volavano sul linoleum. Ci fiondavamo da Saliège. Neanche avessi avuto gli occhi dietro la testa, vedevo l'immagine di Angelin rimpicciolire sulla porta. Si assicurava che facessimo in fretta. Sarebbe tornato nella sua tana solo quando il nostro terzetto fosse sparito. In effetti un globo vescicale è una cosa seria. Non trattenga mai la pipì, signore. L'astronomo Tycho Brahe è morto per questo, a un banchetto del re di Boemia. S'immagini la scena. Il re Rodolfo fa un discorso. Uno di quei monologhi da monarca durante i quali tutti stanno sull'attenti. In onore di Brahe, per giunta! Gli ha fatto riempire un ultimo bicchiere, o un nappo (Brahe non sapeva che sarebbe stato l'ultimo) e vai con l'elogio regale. Il povero Tycho si è trattenuto così a lungo che gli è scoppiata la vescica. Mio padre – era urologo – raccontava spesso questa storiella, soprattutto nei giorni di festa, alla fine del pasto, quando più o meno tutti hanno voglia di pisciare, si divertiva, misurava il suo ascendente sulla famiglia dalla tensione delle nostre vesciche. Non ho mai osato interromperlo. Quindi può immaginare quanto fossi in ansia mentre schizzavamo verso Saliège. Placentier aveva ragione, la vescica del mio malato poteva lacerarsi da un momento all'altro. Correvo, spingendo la barella, gli occhi fissi sul suo viso stravolto. Era un misto di incoscienza e di sofferenza estrema. Palpebre di piombo, occhiaie nerofumo, labbra viola, come se il dolore lo torturasse fin nel coma. Si può svenire per il dolore, e dal dolore essere risvegliati. Mentre correvo, mi sono venuti in mente i partigiani durante la Resistenza. Su questo si sono sbagliati in tanti. I più valorosi pensavano di poter sfuggire alla tortura svenendo... Errore, finché non sei morto il dolore ti acciuffa ovunque. Mi sono sentito stringere il cuore, come se il mio malato incarnasse il martirio della Resistenza; ma che ti prende, com'è che ti metti a pensare a cose del genere in questo momento, Galvan? Nei giorni di festa mio padre raccontava anche storie di partigiani svegliati dal dolore. Forse era per questo. Una porta si è aperta, laggiù, di fronte a noi. Era la porta di Saliège, l'urologo. Angelin doveva avergli fatto uno squillo. Vabbè, arriviamo, arriviamo, vecchio mio, e meno male perché il terreno diventa scivoloso, non so che cazzo fanno le donne di servizio nel reparto di Saliège, ma con lo strofinaccio sono un po' approssimative, danno una passata e poi lasciano che si asciughi da solo: 'Non cammini sul bagnato', la conosciamo la musica... Dai, non ti preoccupare, Saliège sarà anche un po' negato a gestire il personale delle pulizie, ma nel suo campo è una cima, un biglietto da visita un po' ridondante, d'accordo,

DOTTOR PAUL SALIÈGE

PRIMO AL CONCORSO PER L'INTERNATO
DEGLI OSPEDALI DI PARIGI
Cattedra di
UROLOGIA
Reni, vescica, prostata e annessi

ma una grandissima competenza, ti cateterizzerà senza farti male, dritto dall'uccello o bucandoti appena sopra il pube, non aver paura che non sentirai niente, mi ci gioco il biglietto da visita, dita di fata in una mano da colosso... Perché ci fa quei segni, il colosso dalle dita di fata? In piedi davanti alla sua porta, Saliège ci faceva gran gesti, le braccia aperte, una gesticolazione da aeroporto, il tizio con il gilet fluorescente davanti al jumbo che entra in pista. Un po' più agitato, però. Che cosa vuole? Che rallentiamo? È così? Che ci fermiamo? Va bene, rallentiamo, fermiamoci. Ma né io né Placentier riuscimmo a fermarci... Questo rumore di galoppata, che dura da un po', in questa pozzanghera enorme... no, le donne delle pulizie non c'entravano niente... era il nostro malato! Correvamo controcorrente in un fiume che sgorgava sotto di lui... Oh! Dio santo, no!... Lui si svuotava e noi non ce n'eravamo accorti! Placentier fu il primo a piantare un volo. Si guardò i piedi, volle fermarsi, slittò, mollò la barella, scivolò, con le braccia tese in avanti, ci fu un urto... Io invece ho continuato. Non potevo rallentare. Il linoleum era diventato scivoloso come un avanzo di detersivo. Ho mantenuto la barella più o meno nell'asse della porta che si avvicinava a una velocità supersonica. La sua vescica non aveva retto... era esplosa mentre io me ne stavo lì a elucubrare... e adesso lui moriva... la sua faccia non lasciava alcun dubbio al riguardo... moriva, moriva, porca puttana! Già color argilla, morto strada facendo e noi manco ce n'eravamo accorti, arrivati troppo tardi, per colpa mia, errore diagnostico, un caso di globo vescicale che avevo lasciato ore a far la muffa nel corridoio del pronto soccorso! Oh! Scusami, perdonami, povero vecchio mio, sono davvero, davvero... e pensare che non era il mio primo morto, ma ero davvero, davvero ero... io e quel cazzo di biglietto da visita!... Un singhiozzo, ho voluto asciugarmi gli occhi, ho mollato la barella per un nanosecondo... la barella mi è sfuggita di mano, sono scivolato anch'io cercando di riprenderla, mi sono tirato su con un colpo di reni, facendo mulinare le braccia in cerca di equilibrio ma alla fine... sono caduto di culo, continuando a scivolare, vedendo con orrore la barella fiondarsi addosso a Saliège, un massacro, qui sarà un massacro, e quando Saliège si sarà beccato il morto in panza, arriverò anch'io, è pazzesca la quantità di cose che uno può pensare in così poco tempo... tra cui questa: mollo la medicina! Dopo la collisione restituisco il caduceo! Sicuro! Come quegli sbirri americani che posano il distintivo sulla scrivania dello sceriffo.

Ma Saliège ha fatto uno strano passo di danza, una schivata impensabile per un marcantonio del genere, la barella gli è passata davanti, la sua mano è spuntata da dietro la schiena, ha beccato in extremis la sbarra di testa, e il morto si è immobilizzato con un impeccabile testacoda, che Saliège ha accompagnato con un mezzo giro di tango – la gamba sinistra lanciata in perpendicolare mi ha sbarrato la strada, il piede saldamente teso contro lo stipite della porta, tant'è che mi sono preso il suo polpaccio di traverso sulla glottide, bloccato di netto, ammutolito come da un colpo di karate, con il respiro che mi sprofondava fino agli alluci e io che me ne andavo nel pallone, ko."

5.

"'Ossigeno. Presto!'

La voce scendeva nelle mie orecchie da molto in alto. Non riuscivo ancora a identificarla. Erano parole solide, cui ci si poteva aggrappare, mi avrebbero fatto tornare a galla. Il fatto è che non ero sicuro di volerci tornare, a galla.

'La maschera, dio santo!'

(Vabbè, dai, una boccata di ossigeno per quel pirla di Galvan, ma vi avverto che appena arrivo su mi licenzio.)

'Bisogna chiamare Verhaeren.'

(Verhaeren... Ah! Sì, Verhaeren, il mio prof di pneumologia...)

PROFESSOR LOUIS VERHAEREN
Pneumotisiologia
Professore degli ospedali di Parigi
Membro della *Société française de Pneumologie*
Membro onorario della *Société royale de Pneumologie* del Belgio
Professore *honoris causa* dell'Università di Rochester
ecc.

'Verhaeren? Sono Placentier. Può venire? Da Saliège. È urgente...'

(È urgente, Verhaeren, venga che il suo studente Galvan ha appena ucciso un malato. Ha il fiato corto e il cuore in testa.)

'Uno pneumotorace, credo.'

(Cosa?)

Questo mi ha risvegliato di colpo. Pneumotorace! Che paroloni! E che tono! Una voce preoccupata. Ma no, non è il caso! La mia pleura è perfetta e il mio polmone uno splendore! Mi sono solo beccato il polpaccio di Saliège sulla glottide, tutto qua. E comunque adesso va molto meglio. Non state a preoccuparvi per me, ragazzi. Apri gli occhi, Galvan! Non approfittarne per farti compatire, sarebbe il colmo, che cazzo.

Ho aperto gli occhi.

Non parlavano di me.

Erano affaccendati al di sopra della barella.

'To', sei di ritorno Galvan?'

La manona di Saliège mi ha rimesso in verticale.

'Tanto di cappello per la diagnosi!'

Ho gorgogliato:

'Un globo vescicale?'.

'Niente affatto, il suo paziente si è svuotato per le vie naturali, da buon bevitore di birra. Il volo che lei ha piantato, l'ha fatto sulla Kronenbourg. No, è qualcosa d'altro: quando ho intercettato la barella stava soffocando.'

'Insufficienza respiratoria acuta.'

Placentier posava su di me un occhio policromo mezzo chiuso.

'Cadendo ho beccato un angolo del muro.'

Dal modo in cui teneva la bombola di ossigeno sotto il gomito e premeva la maschera sulla faccia del paziente, Placentier mi ha fatto pensare all'uomo che veniva a dare il rame alle vigne di mia nonna quand'ero piccolo. La maschera copriva tutta la faccia del mio malato.

'All'inizio ho pensato a un attacco di asma,' spiegò Saliège, 'una botta di ansia, o la strizza per la barella impazzita...'

'Ma non fischiava ed era negativo alla percussione' intervenne Placentier per informarmi che questa osservazione era sua e non dell'urologo.

'E ha tratto la conclusione che fosse un pneumotorace' fece una voce nuova.

Era il professore Verhaeren. Era poco più alto della barella, ma la sua voce di baritono usciva da un petto largo come un estuario.

'Spostatevi un secondo.'

Verhaeren si aiutò con la scaletta di metallo, si arrampicò sul terzo scalino e si protese sul torace del malato, che Placentier continuava a irrorare di rame. Io e Saliège facemmo un passo indietro.

Quindi non avevo ucciso nessuno. Ero di nuovo tra loro. Con discrezione, mi sono rimesso in tasca il caduceo. Mi sentivo come nuovo. Un camice immacolato e il cuore esultante, uscito fresco dal confessionale. Ho dato una pacca sulla spalla a Saliège e, con una risatina soffocata, ho chiesto:

‘Come ha fatto a fermare la barella? Che roba era, quella schivata?’.

‘Una via di mezzo tra il rugby e una danza popolare.’

‘State un po’ zitti!’

Con l’orecchio appiccicato a mo’ di ventosa al torace del paziente, la mano destra che esigeva il silenzio, Verhaeren si inabissava come uno speleologo polmonare.

‘Aveva lubrificato le ruote?’ mormorò ancora Saliège. ‘Meno male che la barella è rimasta in asse, altrimenti...’

‘Silenzio, dio santo!’

Verhaeren agitava le dita verso di noi, con gli occhiali da presbite tenuti fra il pollice e l’indice. Era davvero un nano con proporzioni da gigante. Il suo orecchio peloso copriva tutto il petto del mio paziente, come uno di quei molluschi a ventosa dalla digestione lenta. Sembrava che se lo stesse per ingerire. Da adolescente, accovacciato tra due scogli dove sciabordava il mare, mi ero chiesto spesso cosa provassero i molluschi svuotati di se stessi da quelle bocche innominabili. Passare dall’intimità madreperlacea della propria conchiglia alle viscere di una stella marina... Dapprima il terrore... Il tempo che l’altra impiega a trovare la fessura per aprirti... La resistenza che sai inutile... L’asteria che si insinua... Uno schizzo anestetizzante e la lenta aspirazione di un sé ancora lucido da parte dell’organismo di un altro... I peli di quell’orecchio che centellinano la linfa di questo corpo... Ma che ti prende, Galvan? Che ti prende oggi? Cosa sono queste immagini del cazzo, questa emotività, questi cedimenti a raffica? Tutto ciò sa bestialmente di una crisi di empatia! Manco fossi un pivellino alla prima autopsia... Ripigliati. Pensa al tuo biglietto da visita!

Professor Gérard Galvan.

A quel punto, dal profondo della mia coscienza, l'urlo di una risata inumana.

E quella vampata di vergogna.

Una vergogna feroce.

Che mi lasciò stupefatto.

'Neanche per sogno,' proclamò infine Verhaeren tirandosi su, 'i suoi polmoni sono a postissimo.'

Se ne stava in piedi, in cima al suo sgabello. Ci fissava, con una tremenda aria di rimprovero, al di sopra dei suoi occhiali da presbite. Sembrava Toulouse-Lautrec.

'Perfettamente ventilati!'

Saliège subito si difese:

'Un attimo fa soffocava. Aveva le labbra che cominciavano a diventare cianotiche'.

'Be', adesso non soffoca più. Respira come respiriamo io e lei.'

Verhaeren fece un breve gesto a Placentier che tolse la maschera dell'ossigeno come se avesse dimenticato una pentola sul fuoco.

'Va bene, ricapitoliamo' propose Verhaeren scendendo dallo sgabello.

Il malato aprì gli occhi. Contrasse le mascelle. La sua bocca formò una sillaba. Mi sono avvicinato.

'Non mi sento tanto bene' mormorò.

'Non si sente tanto bene' dissi.

'Respira benissimo!' sbraitò Verhaeren come se avessi tirato fuori una faccenda chiusa.

'Venga qui, Galvan, che facciamo il punto.'

Stavo per obbedire a Saliège quando la mano del malato mi afferrò il polso. A quanto pareva, non gli andava che mi allontanassi. E sa una cosa, signore? Ho provato una specie di gratitudine. Una sensazione a me totalmente nuova. Sono qui, vecchio mio, niente panico, non mi muovo di qui. Sei nelle mie mani. Ti tirerò fuori di qui. Ti do la mia parola.

'Niente panico, sono qui, non mi muovo. Si rilassi.'

Come non detto; non mollò la presa. Una forza inaudita nelle falangi. Le unghie erano conficcate nella mia pelle. Le sue mandibole fecero un rumore che riconobbi all'istante. Ogni tanto Françoise lo faceva, di notte. Digrignava i denti. Pensavo che se non trovavamo una soluzione, si sarebbe ritrovata dei molari da mucca. Ma, ovviamente, non ho mai osato parlargliene. È proprio vero che in fondo siamo soltanto un corpo! La ragazza più bella del mondo si addormenta ed eccola lì che rumina l'avena degli incubi. (Bruxismo è il termine esatto...) Vaglielo a spiegare quando, da sveglia, parte all'assalto del mondo ideandoti il biglietto da visita più elegante che ci sia!

La pelle del polso mi si imperlò di sangue, poi il pallore del malato si accentuò, il suo corpo si irrigidì, una schiuma gli gorgogliò agli angoli delle labbra...

'Epilessia!' urlai, 'questo ci fa una crisi epilettica!'

In tre riuscivamo a stento a tenerlo. Verhaeren non era d'accordo con la mia diagnosi. No, non era epilessia, non c'era stata rotazione degli occhi. Lui propendeva più per un'ipoglicemia coi fiocchi.

'Dopo aver bevuto una botte di Kronenbourg?" obiettò Saliège. 'Mi sembrerebbe strano!'

'Per l'appunto! Ipersecrezione di insulina...'

'E se fosse un attacco di malaria?' buttò lì Placentier che aveva avuto un prozio ufficiale medico nell'esercito coloniale.

Ne avremmo discusso volentieri, ma il malato ci sfuggì come un pesce guizzante. Un salto da carpa. Le mani gettate all'indietro e i piedi in avanti agguantarono i montanti della barella. Lui era lì, sopra il materasso, teso come un arco tra la testata e i piedi della barella, digrignando più che mai i denti. Per quanto Saliège e Verhaeren si accanissero sulle sue dita, era impossibile fargli mollare la presa. Intanto io cercavo di aprirgli la bocca.

'Bisogna fargli un'iniezione,' disse qualcuno, 'questo bisogna sedarlo o ci rimane secco!'

Puoi anche sapere benissimo che in crisi del genere le forze si moltiplicano, eppure ogni volta ci rimani di stucco. Come se il nostro uomo fosse cresciuto di un bel mezzo metro e ringiovanito di una trentina d'anni. Tutti i tubi e tutte le molle della barella vibravano. Un trambusto di vele sotto l'assalto dell'uragano.

'Placentier, avverta Juraj!'

(Pronunciare *Iurai.*) Era il nostro neurologo, uno slovacco che aveva approfittato della prima breccia nel Muro per esportare la sua competenza da noi. Era diventato un luminare.

Placentier mollò la siringa che stava riempiendo e si gettò sul telefono.

Cominciavamo a tremare come il resto della barella, poi ci fu uno schianto: i quattro punti di saldatura che tenevano il lettino fissato ai montanti avevano ceduto. Il lettino crollò a terra, e con esso il malato e noi. Le estremità della barella volarono ai due lati della stanza come se fosse esplosa.

Da perfetto rugbista, Saliège fu il primo a reagire. Immobilizzò le gambe del paziente mentre Verhaeren gli afferrò la testa affinché non si sfracellasse sul pavimento. Io gli agguantai i polsi per sfuggire alle sue unghie, che lui affondò nei propri palmi.

'Porca troia, Placentier, che cazzo fai?'

La mano di Placentier apparve come per invocazione, munita di siringa."

6.

"Se fossi diventato direttore generale, il primo che avrei assunto sarebbe stato Juraj (pronunciare *Iurai*), il nostro neurologo. Raramente ho visto un tizio più padrone di sé e più sicuro della propria scienza – senza per questo tirarsela. Un taciturno. Aveva imparato il francese sui manuali di medicina e lo parlava solo per emettere una diagnosi o proporre una terapia.

'Opistotono' fece, dopo averci ascoltati.

Vi fu silenzio.

Poi sguardi.

'Oh?'

'Merda.'

'Sul serio...'

'Juraj...'

Non si trattava di una opinione ma di una diagnosi. Non demorse. Tutto quello che gli avevamo raccontato lo confermava. Opistotono, la fase terminale del tetano. Il nostro paziente aveva manifestato contrazioni muscolari? Eccome! Prima i muscoli del tronco e poi quelli del collo? Proprio così. Intelligenza intatta ma principio di afasia? 'Non mi sento tanto bene' era tutto quello che riusciva a dire. Febbre alta? Da cavallo. Sudori freddi? Sì, da Angelin, dopo la febbre, per l'appunto. Costipazione? Era cominciato proprio da quello. Vomito? Vomito. È raro, ma succede, in alcuni casi vomitano: ritenzione di urina? Hai voglia! Eppure aveva bevuto molto, no? Sì. Soffocamento? Certo, e anche principio di cianosi. Subdelirio? No.

'Arriverà. La prima contrazione a quando risale?'

'Adesso, prima che tu arrivassi.'

'No!'

Quel 'no' è venuto da me. Mi è scappato. O meglio, non l'ho trattenuto. No, la prima crisi era anteriore, il malato l'aveva avuta sotto i miei occhi, nel corridoio del pronto soccorso. Lo schiaffo del suo corpo sul pavimento, eccola la sua prima crisi.

'È caduto come tutto rigido?'

'Completamente contratto.'

'In posizione fetale?'

'Non siamo riusciti a distenderlo.'

'Sono per questo, i punti di sutura?'

'Sì.'

'Ha detto qualcosa, prima?'

'Che non si sentiva tanto bene.'

'L'avevi visitato?'

'Avevo iniziato, ma...'

'Era lì da molto tempo?'

'Be', ecco... Avevo un sacco di gente.'

'Hai pensato a un'occlusione?'

'Aveva tutta l'aria di esserlo...'

Non sto a dirle i silenzi, tutto quello che Juraj non diceva ma che riecheggiava nella testa degli altri: il tempo perso, la diagnosi sbagliata, nulla di tutto questo sarebbe successo se avessi portato il malato direttamente in neurologia. Juraj venne in mio soccorso.

'La cosa più pallosa di questa bastardata è la varietà dei sintomi.'

(Grazie, amico.)

'Facciamogli comunque una puntura lombare, casomai mi sbagliassi. Mi pare di ricordare che sei bravo a fare le punture lombari, Galvan.'

Non solo ero bravo, ma mi piaceva. I pazienti di solito si fanno chissà quali idee. È la puntura babau per eccellenza. Un ago nella colonna vertebrale... poche immaginazioni sanno resistervi. Eppure basta trovare un buon punto di riferimento: tra la quarta e la quinta vertebra lombare, oplà! La leggera resistenza del legamento... poi l'ago penetra nel canale spinale come in un sogno. Non si sente niente. La prima volta ero rimasto incantato dall'afflusso di quel raggio di sole nella siringa – sì, il liquido cerebro-spinale è giallo sole. Perciò le prime volte mi ero detto, stoltamente: 'Eccola qua la vita, allora siamo pieni di sole!'. E di tutti gli atti medici, era diventato il mio preferito."

7.

"Vabbè, gliela faccio breve, altrimenti ci passiamo la giornata. Al momento di fargli quella puntura, il paziente è preso da una nuova crisi di soffocamento. Passa dal bianco al blu, dal blu al piombo, dal piombo al nero. Juraj mi ferma prima che io cominci e Verhaeren decide per una tracheo."

"Una che?"

"Un'incisione della trachea per ventilare i polmoni."

"..."

"Ma poi il suo cuore sembrava voler uscire dalla gabbia toracica."

"...?"

"Proprio così! Ha ripreso a respirare normalmente, ma gli è venuta una tachicardia spaventosa; vedevamo il suo cuore scagliarsi contro le sbarre. Abbiamo chiamato d'urgenza Aymard."

"Aymard?"

"La cardiologa. Nicole Aymard. Non le dice niente?"

Io

Nicole

Aymard

Cardiologa

8.

"Nicole Aymard ha rimpatriato il malato in cardiologia e io sono tornato giù al pronto soccorso. Il mio corridoio si era di nuovo riempito.

'Ah! Però...'

'Con comodo, eh!'

'Dov'era, eh? Dove diavolo era?'

'Un'ora! Un'ora, dico! E questo lo chiamano *pronto* soccorso!'

Ho attraversato la cortina delle proteste e ho constatato una volta di più che a quest'ora tarda della notte gli odori organici hanno definitivamente il sopravvento sui profumi di detergente. Urina, alcol, tabacco misto a sudore, medicazioni, biancheria sporca, odori di paura e di impazienza, tutto il sentore dell'umano dolore... Effluvio di solitudine, miasmi di abbandono, quell'alito della sventura... come un'enorme pelle rivoltata. Ciò che la notte fa alle persone quando abbassano la guardia!

Eliane mi ha medicato il polso.

Più tardi ho chiamato Nicole Aymard. Il malato

non era più nel suo reparto. ‘Il cuore si è calmato ma ha sviluppato una di quelle catene ganglionari, dovevi vederla, Galvan! Dal collo fino all’inguine, una vera corda a nodi! Secondo me è spacciato...’

Insomma, mentre ognuno buttava lì la sua diagnosi definitiva, in quella folle notte il paziente continuava a moltiplicare i sintomi. Come se fosse indeciso tra tutte le morti possibili. Dopo i gangli, furono le sue articolazioni a gonfiarsi di colpo. E quando ebbe esaurito la scienza del reumatologo (ho dimenticato il nome del reumatologo), si concesse un festival di eruzioni cutanee che ha lasciato senza parole la dermatologa. (Una donna anche la dermatologa, Geneviève... Come faceva, già, di cognome? Eppure, una ragazza splendida...)

Dopodiché, è sprofondato nel coma.

E a quel punto, ovviamente, non è successo più niente.

Hanno parlato di emorragia cerebrale come si tira una riga sotto un’addizione.

L’hanno sistemato in una stanza dove ci ho tenuto a passare con lui il resto della notte. Tutti si sarebbero ritrovati lì l’indomani alle nove in punto. Riunione generale, era il minimo che si potesse fare. Angelin sarebbe venuto con il vecchio Madrecourt, che era stato il maestro di noi tutti in semiologia medica. Certo, Madrecourt! Angelin aveva ragione, bisognava sottoporre il caso a Madrecourt, per vederci chiaro una volta per tutte. E quale regalo migliore per il nostro vecchio capo, a una settimana dalla pensione, di quella enciclopedia vivente di sintomi?

Benché, secondo il parere generale, di lì all'indomani il paziente sarebbe morto.

Io non volevo che morisse. Ho dato il cambio all'infermiera di guardia, vada a dormire, la rimpiazzo io. La porta si è richiusa, adesso eravamo soli. Mi sembrava che a vegliare il paziente l'avrei tenuto in vita. Seduto su una sedia di similpelle grigia dai tubi freddi, gli occhi posati su quel volto privo di espressione, ero lo sguardo del bambino che crede di poter impedire alla candela di spegnersi. Pensavo solo questo: rimani vivo, rimani qui. Avevo reso le armi. Avevo strappato il mio biglietto da visita. In una notte ero diventato medico. Un figlio di papà toccato dalla grazia: Paolo folgorato sulla via di Damasco, sant'Agostino sotto il suo boschetto, Claudel dietro il pilastro, e anche Pascal: '... lacrime di gioia... Rinuncia totale e dolce'. Ormai provavo solo una gratitudine calma e stupefatta. Pronunciavo finalmente il mio giuramento di Ippocrate. Un uomo dedito ai malati, per sempre, quali che fossero e senza condizioni, ecco cos'aveva fatto di me il mio paziente. Mi sono addormentato come qualcuno che si eleva al servizio del dolore umano.

Quando mi sono svegliato, il letto era vuoto."

9.

“Sulle prime non mi sono preoccupato. Non ho pensato che il malato fosse morto. Ho pensato che l’avessero portato alla TAC, o che gli stessero facendo un’arteriografia, come si era detto quella notte, nel sistemarlo lì. Ho sorriso pensando a tutte le precauzioni che dovevano aver preso per portare via la barella senza svegliarmi. Delicatezza, solidarietà... e rotelle ben lubrificate.

Sotto la doccia che mi sono concesso, mi sono preso lo sfizio di elencare i mestieri che non mi sarebbe piaciuto fare: commerciante, l’angoscia dello stock, orrore! Diplomatico: politichese in bocca cucita, no grazie..., farmacista, insegnante, magistrato...

L’acqua scorreva, bollente...

Architetto, ingegnere, pubblicitario, avvocato, giornalista, commercialista... Per un lungo istante mi sono lasciato andare alla gioia di non essere nulla di tutto questo. Medico, ecco cos’ero. Il mio essere, sì, medico. Quel medico, in quella medicina, nient’altro. Medico fra i medici. Era qualcosa di totalmente nuovo che risaliva a quella notte; non era un progetto di carriera, il mio albero genealogico non c'entrava niente, ed era qualcosa che non avrebbe mai potuto comparire su un biglietto da visita.

Ho ficcato i vestiti usati durante la guardia nella mia sacca di tela. Mi sono infilato una camicia pulita come una pelle nuova, un paio di pantaloni di velluto a coste grosse, una giacca di vecchia lana inglese, a spina di pesce; vestiti da convalescente. 'Comodo come una convalescenza' sì, ricordo ancora l'espressione.

Dopodiché sono risalito nella camera del mio paziente. E non l'ho trovato. Fu l'inizio della mia inquietudine. Ho telefonato a quelli della TAC. Mi hanno domandato il nome del paziente. Già, infatti, come si chiamava? Mi sono reso conto che nessuno se l'era chiesto. Il nome era indispensabile, mi hanno spiegato, c'era attesa per la TAC. D'accordo, ma, ecco, per l'appunto non sapevo come si chiamasse. E io, chi ero, io?

'Galvan.'

'Chi?'

'Galvan. Ero di guardia al pronto soccorso, la notte scorsa.'

'Non era Verdier, la notte scorsa?'

'No, ero io. L'ho sostituito.'

'Galvan, allora?'

'Sì, Galvan.'

Se il succitato Galvan non conosceva il nome del paziente, poteva almeno precisare da quale reparto venisse? Ho aperto la bocca ma, sorpresa, neppure a questa domanda potevo rispondere.

'Senta, non sa come si chiama, né da che reparto viene, e vorrebbe che ce lo ricordassimo noi?'

Ho descritto alla bell'e meglio il paziente, ho detto che probabilmente veniva da neurologia, forse per una TAC al cervello.

'Niente cervello, stamattina.'

'E da neurologia non hanno mandato nessuno' fece una voce impaziente, eco lontana della prima.

'Vabbè, pazienza' dissi. 'Mi scusi.'

Ho chiamato Nicole Aymard. Aveva forse preso il paziente per fargli un Doppler o un'ecocardiografia?

'Nemmeno per sogno.'

E Nicole Aymard mi domandò se la riunione generale delle nove si faceva sempre.

'Penso di sì.'

Ho aggiunto che il paziente non era più in camera sua e neanche alla TAC.

'Si vede che è morto, Galvan. Hai visto in che stato era? E comunque la sua presenza non è indispensabile. L'essenziale è che siamo tutti lì a fare la nostra relazione a Madrecourt. Ce l'avevi, tu, Madrecourt, a semiologia?'

'...'

Ho riattaccato piano. Morto... Certo, morto... Che notte avevo mai passato, per credere alle favole? Principe azzurro al capezzale della principessa in coma e resurrezione mattutina? Suvvia, Galvan, suvvia. E che medico ero stato, *in realtà*, mentre mi raccontavo quelle fandonie? Il cuore mi batteva sulla punta delle dita quando ho composto il numero dell'obitorio... Ho fatto fatica a dirgli cosa volevo. Ma stavolta ho dato il mio nome prima che me lo chiedessero.

'Galvan.'

'Chi?'

'Gérard Galvan.'

'Aspetti un attimo.'

Ho sentito sfogliare un registro.

'Galvan... Non abbiamo nessun morto a questo nome.'

'No, Galvan sono io.'

'Chi, io?' domandò la voce dell'obitorio.

'Io, il medico di guardia. Ero di turno stanotte.'

'Ah, credevo che fosse...'

'Ero io.'

'E il defunto, come fa di nome?'

Così di seguito, finché, no, all'obitorio quella notte era arrivato solo il cadavere di un motociclista, proveniente da chirurgia, ma non avevano portato nient'altro.

'E stamattina?'

'Neppure. È calma piatta, stamattina.'

Sollievo. Immenso. Mi sono dato gioiosamente del cretino. Dovevano aver cambiato di camera il mio protetto, tutto qua! Era l'unica spiegazione. Perché pensare subito al peggio? Eh, Galvan? Un'altra camera, non stare a pensare chissà che.

Ho passato al setaccio tutto il piano; niente. Il paziente non era in nessun letto. Ho interrogato tutte le infermiere, nessuna l'aveva visto. Il cambio di turno del mattino era già stato fatto e non ne avevano neppure sentito parlare. Roba da farti girare la testa. Come se quel tizio non fosse mai esistito. O come se quella notte non ci fosse stata.

Intanto il tempo passava. Quando sono tornato nella stanza dove doveva tenersi la riunione, erano già tutti lì. I miei colleghi al gran completo, più Madrecourt e il suo seguito di studenti, incollati al maestro come un branco di cinghialini. Una trentina di camici bianchi in una quindicina di metri quadrati. Che si voltarono verso di me come un sol uomo quando Madrecourt – il mio idolo! – domandò dove fosse il paziente."

10.

"Ho risposto che non lo sapevo.

'Aspetta un attimo, Galvan,' ha fatto Nicole Aymard con adorabile spontaneità, 'sei tu che l'hai vegliato stanotte, no?'

Madrecourt si ricordava di me? Non ci avrei giurato. Mi avvolgeva in uno sguardo che ero ben lungi dal riempire. E pensare che fino a poco tempo prima ero anch'io uno dei cinghialini, con tanto di matita per aria e taccuino febbrile. Ho dovuto spiegare che sì, in effetti, avevo vegliato il nostro paziente, ma che mi ero addormentato e al risveglio avevo trovato un letto vuoto. Il fatto è che avevo avuto una notte piuttosto...

'Nelle situazioni critiche, le notti sono lunghe per tutti' osservò Angelin, senza che si potesse capire se mi rimproverava di essermi addormentato o se pensava che avrebbe potuto addormentarsi anche lui.

Silenzio.

Che Madrecourt ruppe rivolgendosi agli studenti.

'Giovanotti, la lezione si annuncia istruttiva; i vostri quasi colleghi mi invitano a fare la lezione di anatomia di Rembrandt, ma su un letto vuoto.'

Il tutto detto senza l'ombra di un sorriso. Madrecourt era una via di mezzo fra Charles de Gaulle e Samuel Beckett, rendo l'idea? Criniera bianca, sguardo rapace, dritto come l'etica; un'icona in abiti da pastore protestante. Non un atomo di Coluche. E neanche di Buster Keaton. Lui non faceva *mai* ridere. L'eloquio misurato, la voce che saliva dalle viscere e le parole che cadevano da molto in alto, gravi di senso, una dopo l'altra.

'Bene, ricapitoliamo' e ricapitolò: 'questa notte vi è passato tra le mani un misterioso individuo che, a vostro dire, manifestava i segni di svariate patologie successive tra cui mi limito a citare l'occlusione intestinale, l'attacco di malaria, le eruzioni cutanee, un globo vescicale, l'angina pectoris... E voi volete che io creda a tutto questo?'

Nessuno ci credeva più.

'E per di più che in questa circostanza ognuno di voi è stato superlativo, vero, signorina Aymard?'

Se un viso può prendere fuoco, Nicole Aymard deve essere ancora lì che brucia.

Ma il vecchio Madrecourt era già giunto alla sua conclusione:

'Quindi, cari colleghi, o la vostra storia è vera ed è imperdonabile che stanotte non mi abbiate svegliato, oppure è una bufala, la piccola goliardata organizzata per il mio pensionamento, un omaggio al mio magistero, il vostro modo di augurarmi una buona morte, che io apprezzo sommamente. Perciò, se avete un discorso di circostanza e un regalo da farmi, fateli e che non se ne parli più'.

Paralisi generale. La vergogna degli anziani davanti ai giovincelli, l'imbarazzo dei giovincelli di fronte agli anziani, la camera disertata, l'attesa di Madrecourt davanti al letto abbandonato, un minuto di silenzio che non finisce mai.

Finché non si leva una voce:

'Niente niente, potrei fare la parte del regalo, se volete'.

Proveniva dalla porta rimasta aperta. D'istinto, i camici bianchi si scostarono per aprire un varco allo sguardo di Madrecourt.

Il nostro paziente se ne stava lì, in piedi, sorridente, completo doppiopetto, elegantissimo, anche lui appena uscito dalla doccia, con la pelle liscia e la voce pimpante.

'Un regalo abbastanza presentabile, credo, nonostante una notte piuttosto agitata' precisò facendo i pochi passi che lo portarono in mezzo a noi."

11.

"Per essere una resurrezione, lo era eccome! Niente a che vedere con l'aspirante cadavere che ci eravamo spupazzati per tutta la notte. Eppure era proprio il nostro paziente, su questo non c'erano dubbi. Ma nelle fattezze di un ometto lindo che saltellava tra i veli del suo *after shave*. Solo un cerotto sulla fronte. Sollevato dai rialzi delle scarpe, levò verso Madrecourt uno sguardo vispo e si accinse a fare l'elogio di tutti noi. No, Madrecourt non doveva 'farci la ramanzina' (testuali parole), eravamo stati perfetti, ognuno nel proprio ruolo, e la nostra efficienza attestava la qualità dell'insegnamento impartito da Madrecourt. Sì, proprio così.

'La precisione della diagnosi, unita alla rapidità dell'intervento terapeutico, straordinario! Davvero straordinario! Il dottor Angelin, per esempio...'

Ed ecco che comincia a passarci in rassegna: Angelin, Placentier, Saliège, Verhaeren, Juraj, Aymard e gli altri... Sul serio, un Napoleone Bonaparte all'indomani della vittoria, in procinto di tirarci il lobo dell'orecchio.

'Per arrivare fino al giovane Galvan, che si è premurato di lubrificare le ruote delle barelle!'

Sì, il giovane Galvan, l'onnipresente Galvan, il compassionevole Galvan, devoto fino allo sfinimento, Galvan che lui si era guardato bene dallo svegliare, quella mattina, andandosene: 'Non me ne voglia, Galvan, dovevo passare da casa a rifarmi una pelle nuova'. E pensare che c'era gente che criticava gli ospedali francesi! Se adesso c'era qualcuno che poteva testimoniare l'altissimo livello dei nostri reparti, quello era proprio lui! Ed era ben lieto di farlo!

L'uragano delle lodi. Ma noi riacquistavamo le forze. Avevamo comunque qualche domanda da fargli. Deve averlo sentito perché ha anticipato:

'Vi chiederete cosa significa questa commedia. Con che razza di tarato avete a che fare...'.

Parlava con voce limpida, come fosse su un palcoscenico.

'Qualcosa mi dice che metterete da parte le vostre diagnosi precedenti e vi orienterete piuttosto sulla psichiatria...'

In effetti eravamo molto tentati di esplorare quel terreno. Lui stesso propose di aiutarci.

'Vabbè, se non vi dispiace escludiamo subito l'ipocondria. Mai un ipocondriaco avrebbe il coraggio di esporsi in questo modo. È la paura che domina, nell'ipocondriaco.'

Ci percorse tutti con lo sguardo e incontrò solo assenso.

'Bene. Vediamo il resto... A cosa potremmo attribuire una sintomatologia tanto ricca, unita a un simile controllo del corpo? Una buona vecchia isteria? Un'isteria all'antica, alla Charcot? Somatizzazioni a comando, manifestazioni spettacolari, pseudo-epilessia... Sì un po' di questo forse c'è...'

Ci rifletté lui stesso un secondo o due, poi:

'A meno che... una sindrome di Münchhausen... no? L'attitudine a passare da una malattia all'altra quando stai per essere definito da una diagnosi? Non c'è nessuno più sfuggente di un Münchhausen'.

Alcuni fecero sì con la testa. I cinghialini prendevano appunti come ne andasse della loro stessa vita. Madrecourt lasciava dire. Forse si domandava se il matto facesse parte dello scherzo.

'Però questa ostentazione di sé... È vero che i Münchhausen flirtano con i medici, ma non si espongono mai fino a questo punto...'

In effetti, sembrava dire il silenzio generale.

'No, qui c'è un'erotizzazione del corpo... Una fortissima erotizzazione del corpo malato... un po' come se...'

A questo punto, si rivolse più precisamente ai cinghialini:

'Un po'come se mia mamma mi avesse fatto il bagnetto fino ai quarant'anni, mentre mio papà se la faceva con la sua sorella minore... Mi spiego?'.

Due o tre studenti aggrottarono la fronte in segno di intesa. Al di sopra di loro, Saliège e Verhaeren si scambiarono un'occhiata. Ne avevano le scatole piene. Ma lui gli si piazzò davanti appena prima che esplodessero:

'Potreste anche optare per un delirio paranoico'.

A questo punto fece una pausa. Senza distogliere lo sguardo dai due camici bianchi:

'Il mio corpo perseguitato dal corpo medico, il mio corpo che a ogni cambiamento di sintomi ribadisce la vostra incompetenza...'.

Saliège e Verhaeren trattennero il fiato.

Madrecourt continuava a non battere ciglio.

Lui scoppiò in una risata:

'Ma no! Ipotesi annullata dal mio esordio. Ancora una volta, avete tutta la mia ammirazione. Davvero. Tutti! E la mia riconoscenza, a nome di tutti i malati di Francia e di Navarra! Il corpo medico è ineccepibile'.

Sospiri di sollievo.

'Adesso vi meritate la vera spiegazione.' "

12.

"È stato allora che la mia vita è precipitata. Quando ha dato la vera spiegazione. Perché alla fine ce l'ha rifilata, la spiegazione, quella vera. E io non ero più granché in vena di sorbirmela. Quando era comparso nel riquadro della porta qualcosa si era fatto strada in me. Stupore alla sua apparizione, fastidio alla sua presentazione, crescente nervosismo durante la lezione di psicologia... Se a ciò si aggiungono i miasmi di autocompiacimento che esalavano dall'*after shave*, ero proprio al colmo. E non le sto a dire della cravatta. Né del fazzolettino di seta lilla. Né delle scarpe. Mi domandavo perché nessuno fiatasse. Quel tizio ci aveva fatto andare avanti e indietro per tutta la notte e gli altri lo ascoltavano come se fosse il re dell'aula magna! Ecchecazzo! Tutti scrutavano tutti: gli studenti di nuovo attoniti davanti ai miei colleghi che erano di nuovo saliti di grado, i colleghi pietrificati da Madrecourt che giocava a fare la statua del Commendatore, e tutta quella bella gente incollata lì da quel parolaio che si pavoneggiava nel suo completo dopo averci stracciato i coglioni tutta la notte. Se ci penso! Se penso al sangue marcio che mi sono fatto per lui! Se ci penso! Se penso che per colpa di quel pagliaccio sono stato lì lì per mollare la medicina! Se ci penso! Se penso che il mio cuore ha smesso di battere dieci volte durante la notte! Tutto ciò per sentirgli spiegare, adesso, che grazie a noi ha finalmente realizzato il suo desiderio più prezioso, un progetto antichissimo, un 'sogno identitario' (è l'espressione del cazzo che ha usato lui, sì, un 'sogno identitario') che non avrebbe mai potuto realizzare 'senza la nostra preziosa collaborazione'.

'Un desiderio legittimo, peraltro, signori medici, lo capirete tanto meglio in quanto è stato anche il desiderio di ciascuno di voi. Anch'io, come voi, volevo un giorno poter mostrare un biglietto da visita che fosse degno di me! Solo che per fare questo avevo bisogno delle vostre competenze, dovevo sottopormi a voi come alla commissione di un concorso, e ottenere poi la vostra benedizione! Me l'avete data, cari amici, questa notte, uno dopo l'altro, mi avete consegnato il mio diploma, mi avete reso degno del biglietto da visita che ho sempre sognato!'

Ed eccolo che attacca a distribuire in giro i suoi cartoncini.

'Il mio biglietto, signore.'

Cominciando da Madrecourt: 'A lei che ha costruito la sua identità decifrando tutti i segni del corpo!'.

Madrecourt lascia che i suoi occhi si posino sul biglietto, ma l'altro è già davanti ad Angelin:

'Il mio biglietto, dottore. E lei si merita appieno il suo, avendo individuato immediatamente la mia occlusione'.

Un biglietto per Nicole Aymard: '... poiché il mio cuore non ha più segreti per lei'; un biglietto a Verhaeren: '... che conosce i miei polmoni meglio delle sue tasche'; un biglietto da visita per l'urologia, uno per la neurologia, uno per la dermatologia, uno per la reumatologia, un biglietto per...

E un biglietto da visita per me!

Il suo biglietto da visita.

Sa una cosa?

Non ho nemmeno fatto in tempo a vedere il suo nome.

I miei occhi sono andati dritti all'essenziale, inciso lì, in rilievo, sul suo biglietto da visita, l'oggetto del suo orgoglio, il suo 'sogno identitario', il suo grande progetto finalmente realizzato, la sua ragion d'essere: Signor non so cosa... GRAN VETERANO DEGLI OSPEDALI DI PARIGI.

Lì, sotto i miei occhi e sotto il polpastrello del mio dito:

GRAN VETERANO
DEGLI OSPEDALI DI PARIGI

Il pugno mi è partito da solo."

"..."

"Sì, gli ho mollato un pugno sul muso.

È stato qualcosa di fulmineo.

E di lentissimo.

Ho fatto in tempo a veder partire il pugno. Ho capito che sferrando il pugno contro il suo sorriso vendicavo i miei colleghi e che loro non mi avrebbero ringraziato per questo. Il mio pugno partiva e ho capito che appena fosse arrivato sarei stato convocato dal decano della Facoltà, cacciato dal Consiglio dell'Ordine, addio alla medicina, questa volta davvero, lo sapevo. Eppure il pugno l'ho lasciato partire, ci ho anche messo tutto il peso del mio corpo, rotazione del busto, peso sulla gamba sinistra, estensione massima, una palla di cannone... Mio padre mi avrebbe disconosciuto... Françoise mi avrebbe sbattuto fuori di casa... Dalla tomba, i miei antenati mi avrebbero maledetto fino alla settima generazione, sicuro come l'oro... Ma avevo mollato quel pugno con tutta la mia forza e quando è arrivato – sgangherando una doppia fila di denti perfetti – stavo chiedendomi come mi sarei guadagnato da vivere, da lì in avanti. Infermiere? Impossibile, avevo esaurito in una notte tutta la compassione che può fornire un'esistenza umana. La demolizione del mascellare superiore non fermò il mio pugno, che continuava il suo viaggio – lussazione della mandibola, lingua tranciata, frattura del setto nasale, sfondamento dell'orbita (avrebbero dovuto operarlo, se non volevano che l'occhio gli cascasse nel taschino; se devo dirgliela tutta, miravo alla commozione cerebrale) –, veterinario? No di certo, la maggior parte degli animali a Parigi è addomesticata, docile fino al mimetismo, contorta come i suoi padroni..."

13.

"Ed è così che mi sono ritrovato meccanico, signore. Sempre la vocazione di curare, ma solo macchine, l'ultimo rifugio dell'innocenza. Un'auto gioca pulito, un ammasso di ferraglia e di stoppa più o meno elettrificata; nemmeno l'ombra di un 'sogno identitario'."

"..."

"Tenga, le ho preparato la fattura. Cambio dell'olio, abbiamo detto, la lubrificazione gliela offro io."

"..."

"Bisogna che prima o poi sostituisca le pastiglie dei freni."

"..."

"Comunque, grazie per avermi ascoltato."

"..."

"Sì... proprio vent'anni oggi..."

"..."

"Un gran bel destro, però. Guardi questo bozzo che ho sul pugno, è il ricordo che ne conservo, un reumatismo all'articolazione metacarpo-falangea del dito medio; mi sono rotto la mano, con quel colpo. Qualcuno ha urlato: 'Galvan, no!'. E invece sì. Un diretto destro che ha scagliato nel suo ex letto il nostro ex paziente. Quando finalmente mi hanno guardato ho detto: 'Gli mancava la traumatologia'."

Da Pennac a Molière e ritorno

"Con i piedi fortemente appoggiati sulle nuvole."

È una frase di Ennio Flaiano, recuperata da uno dei suoi quaderni di appunti, unico segno grafico in una pagina totalmente bianca, vuota.

È diventata una sorta di messaggio che da allora (quasi vent'anni anni fa) guida il mio atteggiamento nel far teatro. La incontrai mentre vagavo affascinato nella lettura delle *Lezioni americane* di Italo Calvino. Un'altra illuminazione.

Infatti, quando Calvino parla di sottrazione di peso, di leggerezza come valore, non posso fare a meno di pensare a quel processo di pietrificazione che rischia di colpire il nostro teatro, più propenso oggi a classificare l'apertura mascellare dello spettatore durante lo sbadiglio o ad allevare polvere che a ricercare vitalità e innovazione.

Togliere peso alla struttura del racconto, del linguaggio (anche scenico) senza semplificarne o impoverirne i contenuti, leggerezza come ricerca della precisione, della sintesi, dell'agilità, della rapidità, o anche della leggerezza come reazione al peso del vivere, sono diventate e continuano a essere le mie coordinate creative. Capaci di sudare ma anche di volare. Essere aerei ma pure concreti e non velleitari: metodo nella follia. Proprio Calvino dice: "La fantasia è come la marmellata, bisogna solo spalmarla su una solida fetta di pane".

Queste suggestioni, questi suggerimenti stilistici li inseguo, ormai da anni, più nei libri, nei romanzi, che nella consueta e specifica letteratura teatrale. Uno dei colpevoli/complici di questa ricerca è Daniel Pennac. Da quando un giorno, in una libreria genovese, mi sono letteralmente volati tra i piedi i suoi libri (a causa di un goffo trasloco di volumi di un commesso equilibrista) quella che allora era solo una tendenza, una curiosità, un forte interesse per la parola letteraria portata in palcoscenico è diventato sempre più un campo quasi ossessivo di sperimentazione, una vocazione, una ricerca di compagni di strada di talento, sempre "contemporanei e viventi", con cui condividere esperimenti teatrali per parole e storie non originariamente nate per la scena.

Con i libri di Pennac c'è stato amore a prima vista. Da quel fortunato incidente (1991), ho covato a lungo la voglia di tradurre teatralmente le sue storie finché, proprio grazie a Daniel, qualcosa è scattato, e sono arrivati *Monsieur Malaussène*, *L'occhio del lupo*, *Come un romanzo*, *Blu cielo*, *Giardini d'acqua*. Questo delirio pennacchiano si è consumato tra il '97 e il '99 e ha lasciato nella mia esperienza di regista e uomo di teatro (oltre a una sincera amicizia) un segno indelebile sul piano del gusto, dello stile, dell'approccio alle forme del narrare, paragonabile solo a quello che, in tempi diversi, hanno prodotto in me Italo Calvino, appunto, e Stefano Benni.

Ora ho tra le mani *La lunga notte del dottor Galvan* (ancora una volta un testo non scritto per il teatro) dove si narra, in un lungo flash back reso quasi irreale dal filtro deformante del ricordo, un'apocalittica avventura vissuta da un medico tirocinante che, in una notte di plenilunio, si trova coinvolto in una serie incredibile di incidenti, malintesi, assurde patologie che invadono la vita di un Pronto Soccorso parigino dai tratti quasi farseschi.

Ancora una volta Daniel mi regala una storia dove la letteratura si trasforma magicamente in azione, dove il teatro è continuamente evocato e perciò, lo dico faziosamente, è quasi necessario: ci trovo Molière e Groucho Marx, il filone della sensata insensatezza e la filosofia del mondo alla rovescia, dell'apologia del caos. Una scrittura che mette in discussione la rispettabilità del racconto classico e dei nessi logici e che suggerisce una visione del mondo magari stravolta e dolorosa, ma sempre seriamente comica. Ritrovo ciò che amo di Pennac: una narrazione che gode senza vergogna delle gioie della lingua e del pensiero, che ama il sorriso ma non sente la necessità martellante della risata, che alterna immedesimazione e sberleffo. Un testo dove spesso la bocca e lo stomaco ridono, ma il cervello è al lavoro, dove si ride perché si inciampa: poi tutto torna a posto (sembra), ma il piede fa un po' male.

Già solo alla lettura, *La lunga notte del dottor Galvan* è, a mio avviso, un racconto potenzialmente teatrale e non necessita perciò di radicali adattamenti o stravolgimenti drammaturgici, né di particolari elaborazioni sul piano della scrittura scenica. L'unico intervento forte che il testo mi suggerisce è legato a uno spunto che Pennac stesso inserisce tra le righe, ed è il teatro di Molière. Così con Neri Marcoré abbiamo individuato tre brevi monologhi tratti da commedie molieriane (*La gelosia del Barbouillé* e *Il malato immaginario*) e abbiamo provato a metterli in bocca a Galvan come schegge impazzite del suo sogno medico. Le abbiamo trovate utili, divertenti ed efficaci per descrivere in forma paradossale e visionaria i desideri, le speranze e i deliri di un personaggio malato di medicina, in bilico tra ideali umanitari e ansie di carriera. Sono brani farseschi e virtuosistici, e speriamo possano regalare alla messa in scena un'ulteriore ricchezza, un cambio di stile in più, un tragicomico straniamento. Qui appaiono in coda a questa postfazione, e ne giustificano anche il titolo.

Anche dal punto di vista scenografico la pagina scritta regala spunti fondamentali. Penso (lo scenografo sarà Guido Fiorato) più a una sorta di installazione che a uno spazio scenico naturalistico, immagino una montagna di letti metallici che invadono la scena e cadono a grappolo anche dal soffitto:

una prigione di ferraglie che solo alla fine scopriremo essere il nuovo habitat del protagonista. Uno spazio un po' onirico, bello ma allarmante, ingabbiato da pareti di lastre radiografiche che si muovono a ghigliottina per disegnare il labirinto metafisico dell'ospedale.

D'altronde la scrittura di Pennac io l'ho sempre vissuta come la voglia di usare la comicità anche per creare disagio o generare dubbio (le stesse cose che ritrovo in *Grazie*); la capacità di parlare con affettuosa ironia di temi intimi e vitali senza chiudersi obbligatoriamente sotto la campana di vetro della serietà. Come se qualcosa di anarchico, di liberatorio, anche di eversivo continuasse a covare nei destini dei suoi personaggi e riuscisse a rendere plausibile anche l'irreale.

Una visione del mondo, cito Pennac, "che ricorda un lago di una limpidezza impeccabile in cui un mattacchione avesse versato un'unica goccia di inverosimiglianza, ma straordinariamente concentrata".

Giorgio Gallione
Teatro dell'Archivolto

Molière, come lo direbbe il dottor Galvan

Eccellentissimo Sig. Argante, sono un famoso medico di medicina venuto ad offrirvi i miei servigi per tutti i salassi e le purghe di cui possiate aver bisogno. Io vado di città in città, di regione in regione, a cercare pazienti in grado di mettere alla prova i meravigliosi segreti che ho scoperto nell'ambito della scienza medica. Io non mi abbasso a gingillarmi con le quisquilie delle comuni malattie, reumatismi, febbriciattole, debolezze, emicranie, bagattelle del genere. Noo! Io chiedo malattie d'eccezione: delle belle febbri croniche con risentimenti al cervello, delle belle febbri petecchiali, una bella peste, una bella idropisia, una bella pleurite con infiammazione dei polmoni: questo è il mio pane, qui io trionfo; e io vorrei, signore, che voi aveste tutte le malattie che ho nominato, che vi trovaste disperato, agonizzante, per dimostrarvi la bontà dei miei metodi curativi e il mio grande desiderio d'esservi d'aiuto.

Datemi il polso: Ohi, questo polso è un po' indisciplinato. Il vostro è il dottor Purgone? Questo nome non figura nell'elenco di grandi medici. Dove dice che siete ammalato? Lo so, lo so, lui dice al fegato, altri dicono alla milza. Tutti ignoranti: siete ammalato ai polmoni. Sentite dolori alla testa? Sono i polmoni. Vi sembra di avere un velo davanti agli occhi? I polmoni. E di tanto in tanto delle fitte al cuore? I polmoni. E qualche volta una specie di stanchezza in tutto il corpo? I polmoni. E ogni tanto vi prendono dei dolori al ventre, come se aveste una colica? I polmoni. Mangiate con appetito? I polmoni. Un bel bicchiere di vino lo bevete volentieri? I polmoni. Dopo pranzo dormite volentieri? I polmoni, i polmoni, i polmoni. E il vostro medico immagino vi fa mangiare passato di verdura. Ignorante. Pollame. Ignorante. Vitello. Ignorante. Brodini. Ignorante. Uova di giornata.

Ignorante! Ignorantus, ignoranta, ignorantum! Il vostro dottore è una bestia. Per esempio che cosa ve ne fate di questo braccio? Questo è un braccio che io, se fossi al vostro posto, mi farei tagliare immediatamente. Non vedete che si prende per sé tutto il nutrimento e non ne lascia all'altro? E avete anche un occhio destro che io mi farei strappare, se fossi al vostro posto. Non vedete che danneggia l'altro, e che gli sottrae il nutrimento? Date retta a me, fatevi strappare quell'occhio al più presto, e vedrete come vedrete meglio con l'altro. Addio. Mi dispiace dovervi lasciare così presto; ma devo recarmi a un grande consulto per un uomo che è morto ieri. Vado a vedere cosa si sarebbe dovuto fare per guarirlo. Adieu.

Da *Il malato immaginario*

E poi dicono che sono i soldi che eccitano il medico, non è vero!

Sappi, amico mio, che quand'anche tu mi dessi una borsa piena di zecchini, e che questa borsa fosse in una ricca scatola e che questa scatola fosse in un prezioso astuccio, questo astuccio in uno splendido cofanetto, questo cofanetto in un elegante salottino, questo salottino in una camera magnifica, questa camera in un comodo appartamento, questo appartamento in un fastoso castello, questo castello in una impareggiabile cittadella, questa cittadella in un'isola fertile, quest'isola in una provincia opulenta, questa provincia in un florido regno, questo regno in tutto il mondo; e se anche tu mi regalassi il mondo dove fosse questo florido regno, questa provincia opulenta, quest'isola fertile, questa impareggiabile cittadella, questo fastoso castello, questo comodo appartamento, questa magnifica camera, questo elegante salottino, questo splendido cofanetto, questo prezioso astuccio, questo ricco scrigno, dove fosse chiusa la borsa piena di zecchini, non me ne importerebbe nulla del tuo denaro, né di tutto questo.

Da *La gelosia del Barbouillé*

Sappiate che non sono solamente un dottore, ma che sono una, due, tre, quattro, cinque, sei, sette, otto, nove, dieci volte dottore: Uno, siccome l'unità è la base, il fondamento e il primo fra tutti i numeri, così anch'io sono il primo di tutti i dottori, il dotto dei dotti. Due, siccome vi sono due facoltà necessarie per la perfetta conoscenza di ogni cosa: i sensi e la ragione; e siccome sono tutto sensi e tutto ragione, posso dirmi due volte dottore.

Tre, siccome il numero tre è quello della perfezione secondo Aristotele, e siccome sono perfetto, e perfetto è anche tutto quello che produco, io sono tre volte dottore.

Quattro, siccome la filosofia ha quattro parti: logica, morale, fisica e metafisica e siccome le conosco a fondo tutte e quattro, io sono quattro volte dottore.

Cinque, siccome vi sono cinque concetti universali: il genere, la specie, la differenza, la singolarità e l'accidente, e siccome me ne servo fruttuosamente, e ne conosco l'utilità, sono cinque volte dottore.

Sei, siccome il numero sei è il numero del lavoro e siccome lavoro incessantemente per la mia gloria, sono sei volte dottore.

Sette, siccome il numero sette è il numero della felicità, e siccome conosco a perfezione tutto ciò che può rendere felice, e siccome lo sono effettivamente grazie ai miei talenti, mi sento obbligato a dire di me stesso: "o ter quatuorque beatum!" e ad essere sette volte dottore!

Otto, siccome il numero otto è il numero della giustizia, a causa dell'eguaglianza che si riscontra in esso, e siccome misuro e peso tutte le mie azioni con giustizia e prudenza, sono di fatto otto volte dottore.

Nove, siccome abbiamo nove muse e da tutte sono egualmente prediletto.

Dieci, siccome non si può oltrepassare il numero dieci senza ripetere gli altri numeri e siccome è il numero universale, così, quando mi si trova, si trova il dottore universale: io sono dieci volte dottore perché contengo in me ogni altro dottore. Ecco perché tu puoi vedere con ragioni plausibili, vere, dimostrative e convincenti, che io sono una, due, tre, quattro cinque, sei, sette, otto, nove, dieci volte dottore.

Da *La gelosia del Barbouillé*

INDICE

Stampa Grafica Sipiel
Milano, ottobre 2005